A Rookie reader® español

La mariquita Lara

Escrito por Christine Florie
Ilustrado por Danny Brooks Dalby

Children's Press®
Una división de Scholastic Inc.
Nueva York • Toronto • Londres • Auckland • Sydney
Ciudad de México • Nueva Delhi • Hong Kong
Danbury, Connecticut

A mi familia, por su amor y su apoyo,
y a E.R., quien hizo realidad un sueño
—C.F.

Consultores de la lectura

Eileen Robinson
Especialista en lectura

Información de Publicación de la Biblioteca del Congreso de los EE. UU.

Florie, Christine, 1964–
   [Lara ladybug. Spanish]
   La mariquita Lara / escrito por Christine Florie; ilustrado por Danny Brooks Dalby.
      p. cm. — (A Rookie reader español)
   Summary: A ladybug searches all over for her lost spots.
   ISBN-10: 0-516-25305-0 (lib. bdg.)   0-516-26846-5 (pbk.)
   ISBN-13: 978-0-516-25305-3 (lib. bdg.)   978-0-516-26846-0 (pbk.)
   [1. Lost and found possessions—Fiction. 2. Ladybugs—Fiction. 3. Spanish language
materials.] I. Dalby, Danny Brooks, ill. II. Title. III. Series.
   PZ73.F58   2006
   [E]—dc22   2005026503

La mariquita Lara
perdió sus manchas.
¿Dónde podrán estar?

¿Las dejó en el jardín?
Vamos a buscar.

La mariquita Lara
perdió sus manchas.
¿Dónde podrán estar?

¿Las dejó junto al lago?
Vamos a buscar.

La mariquita Lara
perdió sus manchas.
¿Dónde podrán estar?

¿Las dejó bajo el árbol?
Vamos a buscar.

Lara descansa un rato.
¿Y qué es lo que ve?

¡Son sus manchas!

Uno

Dos

Tres

Lista de palabras (35 palabras)

a	estar	que
al	jardín	qué
árbol	junto	rato
bajo	la	son
buscar	lago	sus
dejó	Lara	tres
descansa	las	un
dónde	lo	una
dos	manchas	vamos
en	mariquita	ve
el	perdió	y
es	podrán	

Acerca de la autora

Christine Florie es una editora y autora de libros infantiles. Vive en Mahopac, Nueva York, con su esposo, dos hijas y un labrador retriever negro. Cuando no está editando y escribiendo, disfruta cocinar para su familia, leer y pasar el tiempo junto a sus amigos.

Acerca del ilustrador

Danny Brooks Dalby ha estado dibujando toda su vida. Su lema es: "Lee todos tus libros, cómete todas las verduras y adora a tu madre".